Numéro de Copyright

00071893-1

Esta novela es una ficción.
Cualquier parecido con hechos reales, existiendo o habiendo existido, sería sólo casualidad fortuita y pura. Reservados todos los derechos. Queda rigurosamente prohibida, sin la autorización escrita de los titulares del copyright, bajo las sanciones establecidas en las leyes, la reproducción parcial o total de esta obra por cualquier medio o procedimiento, incluidos la reprografía y el tratamiento informático, así como la distribución de ejemplares mediante alquiler o préstamo público.

MERCADO NEGRO EN LA COSTA BLANCA

Novela
"Obra en Castellano"
Noviembre 2021

NUEVA EDICIÓN
2021

Autor
José Miguel RODRIGUEZ CALVO

© 2021 Jose Miguel Rodriguez Calvo
Édition : BoD-Books on Demand
12-14 rond-point des Champs-Élysées, 75008 Paris
Impression: Books on Demand, Norderstedt, Allemagne
ISBN: 9782322387069
Dépôt légal : Novembre 2021.

MERCADO NEGRO EN LA COSTA BLANCA

"San Pedro de Rozados"

José Miguel RODRIGUEZ CALVO

«Para nuestros Angelitos»

Resumen

Carlos y Rafael, dos jóvenes Alicantinos que trabajan a menudo para "Pérez Atwan", un traficante de droga, llevando los fardos de hachís hasta Fuenlabrada cerca de Madrid, se ven envueltos con sus novias en una guerra de poderes con otro exportador de lujosos coches robados, "Elías Nájera"
Los cuatro jóvenes van a pasar por múltiples apuros y tumultuosos estragos, para intentar salirse de la despreciable y compleja situación que les impuso la vida.

1

"Atocha"

Madrid, Estación de Atocha

El reloj de la fachada de la madrileña estación de Atocha estaba a punto de marcar las cuatro de la tarde, cuando Carlos y Rafael, dos chicos alicantinos, de respectivamente veintitrés y veintidós años, llegaban por fin a su destino, muy cerca del Parque del Retiro madrileño. Viajaban con sus dos pesadas maletas llenas de fardos de resina de cannabis, con veinticinco kilos en cada una de ellas, que a duras penas trasladaron hasta la salida, donde tomaron un taxi que los llevaría a Fuenlabrada por la Autovía de Toledo. Media hora más tarde llegaban a su destino, en un almacén de la calle de Santa Clara, donde les esperaba su contacto Emilio Gutiérrez, de treinta y ocho años.

— ¿Bueno, qué tal el viaje?

— ¡Perfecto, sin ninguna novedad! ¡Aunque esto pesa de cojones! Contestó Carlos.

— Aquí tenéis el dinero para "Atwan", y vuestra comisión, por supuesto.

— ¿Qué tenéis pensado hacer? ¿Os quedáis algún día o regresáis a Alicante?

— Tenemos que marchar cuanto antes, nos esperan esta noche.

— ¿Vuestras chicas verdad?

— ¿Cómo lo sabes cabrón?

— ¡Hombre, como si no os conociera!

— ¡Oye! ¡El mes que viene tengo otro pedido! ¿Os apuntáis?

— Cuenta con nosotros. Con las mismas condiciones de siempre, ¿verdad?

— ¡Si claro!

— ¡Bueno Emilio, esperamos tu llamada! Nosotros regresamos a Atocha con el metro de la estación Central, calle Hungría.

— Vale que tengáis buen retorno. ¡Cuidado con el dinero!

¡Esa gente no bromea!

— ¡Ya! ¡No te preocupes!

Carlos y Rafael, eran dos chicos del mismo barrio obrero *"Villafranqueza"*, situado al norte de Alicante, que jamás lograron interesarse en los estudios.

Los padres tampoco podían vigilarlos o atenderlos, porque pasaban el día intentando ganar algún dinerillo en lo que saliera, para poder a duras penas subsistir.

Desde pequeños, con algunos amigos más, solían bajarse al centro, a pillar algo al rededor del mercado, o recoger alguna mísera comida que llevarse a la boca. Según fueron creciendo, naturalmente, los problemas y las necesidades, se hicieron mayores.

Con tan solo catorce años, ya vendían refrescos por la céntrica playa *"Del Postiguet"*, situada en el *"Paseo de Gomis"*.

Una vez cumplidos los dieciséis, pasaron a ejercer de camarero, atendiendo algún Chiringuito o alguna de las numerosas terrazas del paseo marítimo.

Otras veces de pinche en algún bar o cafetería, y varios pequeños empleos por el estilo. Pero el trabajo era duro, y el salario mísero, sobre todo para ellos acostumbrados a moverse a su aire por la ciudad. Así que fatalmente tarde o temprano caerían en la delincuencia, y pasarían por todas las transgresiones ilícitas delictivas. Robos de todo tipo, intrusiones en domicilios, hurtos, sustracción de bienes a turistas, pillaje de automóviles, y muchas cosas más.

Todo valía, porque tenían que procurar suficiente dinero para conseguir las numerosas cosas lujosas que ofrecía la ciudad.

Y fatalmente terminaron cayendo en las drogas.

Al principio de consumidores, y después de vendedores para costear sus dosis cotidianas.

Más adelante les iban a ofrecer hacer de *"Camellos"* para el traslado de los delictuosos productos a varias zonas de España, y en particular Madrid.

El trabajo, aunque peligroso, pagaba muy bien y fue difícil denegar la irresistible oferta.

Y aquí tenemos los dos amigos Carlos y Rafael, viajando por todo el país en coche o tren, según los destinos.

El tráfico de drogas estaba poco desarrollado en la ciudad hasta que decidieron poner una nueva ruta de Ferry entre Alicante y Oran, en Argelia, lo que fomentó una nueva brecha en el sur de España, ya muy extendida por la llegada casi cotidiana de lanchas rápidas, alrededor de la zona de Gibraltar.

A partir de ese momento se incrementó el tráfico, y comenzó la lucha entre varias bandas, por controlarlo.

Ya no era el pequeño trapicheo entre amiguetes de barrio. Ahora se trataba de recibir y difundir cada vez mayores cantidades de mercancía.

En Alicante había dos principales bandas que se repartían el negocio.

La de *"Pérez Atwan"*, y la de *"Elías Nájera"*.

Carlos y Rafael, trabajaban para la de *"Pérez Atwan"*, aunque ellos no llegaron a verle jamás, recibían las órdenes de uno de sus hombres *"Julián",* que era el que trataba directamente con ellos.

No eran los únicos en hacer el reparto, *"Julián"* tenía a otras dos parejas más de chicos de la misma edad y condición.

Las fuerzas de seguridad estaban desbordadas, y aunque recibieron refuerzo, y medios para luchar contra el narcotráfico, este iba a extenderse y llegar a todos los lugares, haciendo estragos, y devastando la juventud, sobre todo los más jóvenes o filisteos.

Pocos tenían la voluntad de rechazar lo que algunos llamaban

"Llegar al séptimo cielo".

Pero el ilícito tráfico no se limitaba a la droga, también pasaban coches y motos de lujo robados en Europa, que luego vendían en todo el territorio africano.

2

"Explanada de España"

Los dos tenían novias formales desde hace un par de años. Carlos se había enamorado de Isabel Navarro, hija de un Inspector de Policía, que vivían en la Plaza *"Calvo Sotelo"*.

Rafael, de Ana Molina la hija menor de un gran productor de vino, que dirigía su inmensa bodega en Yecla. Las dos tenían veintiún años, y cursaban sus estudios de derecho comercial en la Universidad, a dos pasos del barrio *"Villafranqueza"*. Fue por casualidad, y sobre todo por la proximidad de los dos lugares que los cuatro se conocieron en una cafetería de la zona.

Porque, todo los diferenciaba, la educación, el gusto por los estudios, y el rango social. Pero la vida está hecha de cosas improbables, insólitas e inverosímiles. Carlos y Rafael, no revelaron nada a sus respectivas novias, primero por no involucrarlas, y también por miedo a que saltara a la luz sus verdaderos empleos, y que los dejaran.

Para las chicas, los dos, trabajaban de electricistas en *"Mercalicante"*. Esto se encuentra situado en la carretera de Madrid, en el kilómetro cuatro. En aquel lugar donde ellas no podían comprobarlo porque el acceso necesitaba una acreditación especial.

Ellas solían citarse con los chicos por el paseo marítimo donde llegaban con el coche de Isabel.

Ella era la única de las dos que tenía carné de conducir, el cual le era necesario para poder ir a visitar a sus padres los fines de semana en Yecla.

Los chavales lucían sus lujosos *"Scooters"*, adquiridos con el fraudulento dinero de sus negocios, y cuando debían desplazarse a alguna ciudad de la provincia, para llevar la mercancía, *"Julián"* les proporcionaba uno de sus vehículos, robados y perfectamente falsificados.

Isabel y Ana, estaban lejos de imaginarse el ilegal y transgresor trabajo de sus compañeros.

Para ellas eran unos chicos normales, que, si bien no habían logrado ningún estudio, se ganaban la vida honestamente con su respetable trabajo.

Pero un día u otro se les vería las verdaderas caras, y deberían dar cuentas de sus mentiras y alardes engaños.

De momento, Isabel que había presentado Carlos a sus padres, y que también había visitado los suyos, llevaban una vida convencional de enamorados, aunque los padres de Isabel no veían de buen ojo, esa relación tan poco amena para su parecer.

— ¡Hija! ¡Tú podías haberte relacionado con un chaval de tu rango, lo hay a montones en la universidad!

Le dijo su madre Luisa.

— ¡Sí, hay que pensar en el futuro! En vuestras vidas y vuestros hijos, tenéis que poderles dar la oportunidad de ser alguien, ¡porque en esta vida no te regalan nada!

Añadió su padre, el inspector Felipe Navarro.

Pero Isabel estaba loca por Carlos, y todo lo que dijeran en su contra, lo rechazaba de antemano.

Su amiga Ana, no se había atrevido todavía presentar a su novio Rafael a sus padres, Julián y Clara, los Productores de vino de Yecla.

Temía que lo rechazaran, sobre todo su padre, que era una persona rigurosa y drástica con cualquier intruso en su actividad, de no ser un verdadero erudito y conocedor de la profesión.

Para él la producción vinícola no era una actividad como cualquier otra, la consideraba como una verdadera vocación casi un sacerdocio.

3

"Castillo de Santa Barbara"

Muchas veces, cuando tenían tiempo libre, se subían a tomar unas cervezas al *"Castillo de Santa Barbara"*. El se encuentra situado en el monte *"Benacaltil",* que culmina a ciento sesenta y nueve metros.

Este castillo, ocupado por los árabes, fue tomado el cuatro de diciembre de mil doscientos cuarenta y ocho por las fuerzas castellanas dirigidas por Alfonso de Castilla, el futuro Rey *"Alfonso X",* y fue nombrado así porque se conquistó el día de Santa Barbara.

Otras veces paseaban por el magnífico paseo de la *"Explanada de España"* a la sombra de sus fabulosas palmeras, y luego por la noche recorrían los numerosos *"pubs"* del *"muelle de Levante",* donde *se* juntaba toda la juventud de la ciudad.

A Carlos y Rafael, no les faltaba nunca el dinero, y las chicas empezaban a desconfiar de algo. Ellos decían que en ese sitio pagan bien porque siempre hay curro de sobra, y somos pocos, para atender las averías.

Además, siempre te buscan para hacerles alguna chapuza y te ganas buenas propinas. Pero, Isabel y Ana, poco convencidas por las explicaciones de sus parejas, decidieron averiguar la procedencia de las elevadas cantidades de dinero que manejaban sin contar. Una noche que los cuatro estaban cenando en un restaurante de la explanada, Rafael saco de su bolsillo un manojo de billetes enrollados, para pagar la cuenta. Aunque él se percató inmediatamente de la imprudencia, todos se dieron cuenta del descuido que acababa de cometer delante de todos.

— ¡Oye Rafa! ¿De dónde has sacado ese montón de pasta?

Preguntó Inmediatamente Ana.

Rafael se quedó un momento sin saber que contestar, lo habían pillado. Al final medio tartamudeando intentó explicarse.

— ¡Pues! ¡Pues! ¡Nada es mi paga! ¡La llevo así, es más cómodo!

— ¡Pero qué dices, tu paga! Si estamos a veintiséis. Supuse que os pagaban al final del mes como todo el mundo. ¿No?

Y además hace ya mucho tiempo que no pagan en efectivo, en todos los sitios te mandan el dinero al banco.
¿No es verdad?
Preguntó Ana dirigiéndose a Carlos e Isabel.
— ¡Pues claro hace años que ya no se cobra de esa manera!
Añadió Isabel.
Carlos se hizo el desentendido y no contestó.
Tenemos que hablar seriamente, porque siempre pagáis todo en efectivo, jamás con tarjeta.
Ya lo hemos comentado entre nosotras varias veces.
¡Es muy raro!
¡Sí, es verdad! ¿Y tú qué me dices?
Preguntó Isabel a su chico.
— Bueno hacemos algunas chapuzas de vez en cuando, y nos pagan siempre así.
— ¿Algunas chapuzas, pero tanto se gana de esa manera?
Añadió Ana un tanto perpleja.
— ¡Vamos tío! ¡Por favor no cuentes chorradas! Eso no se lo cree nadie, a ver si os creéis que somos tontas.
— ¡Venga, dejemos de hablar de dinero! Vamos a tomar unas copas al Muelle y mover un poco el esqueleto. ¿Os apetece?
— ¡Sí, vamos!
Se apresuró de contestar Rafael.
— ¡Bueno sí, venga, vamos!   Añadió Ana.

Las dos parejas marcharon a la zona de ambiente del *"Muelle de Levante",* a dos pasos de allí.

Después de un par de horas, y unos cuantos cocteles, ya se habían olvidado, del episodio del dinero, y estaban más alegres y enamorados que nunca.

— ¿Y qué hacemos ahora, dónde vamos?

Preguntó Rafael.

— ¡Vamos a mi piso, os invito a tomar la última!

Propuso Ana.

La única de los cuatro que vivía sola en un piso hermoso con tres dormitorios, y todas las comodidades. Se ubicaba en la avenida *"Fernando Soto"*, era propiedad de sus padres y que Ana utilizaba para los estudios en Alicante.

— ¡Vale estupendo, tía!

Contestó Rafael.

— ¿Vamos? ¿Tienes carburante, o compramos algo?

Propuso Carlos.

— ¡No os preocupéis tengo de todo!

— ¿Llamamos un taxi?

— ¡No! Así nos despejamos un poco, además ya sabéis donde está.

Claro que todos sabían dónde tenía su piso, allí habían pasado multitud de días casi sin salir.

Era su lugar de encuentro, donde habían montado cantidad de fiestas, y pasado los mejores momentos íntimos de sus jóvenes vidas.

Y allí iban a pasar una buena parte de la noche, porque luego cada uno debía regresar a sus casas, sobre todo Isabel que no podía descuidarse mucho por su padre, el Inspector Felipe Navarro, salvo los días de permanencia en Comisaría, que aprovechaba su ausencia para llegar más tarde.

4

"Madrid"

Al mes siguiente, como previsto, Carlos recibió una llamada de *"Emilio Gutiérrez"* de Fuenlabrada.
— ¡Hola Carlos! ¡Qué tal por Alicante!
— ¡Bien, pasando el tiempo!
— ¡Oye! *"Julián"* me ha dicho que tiene otro viaje preparado para vosotros!
¡Supongo que os interesa! ¡No!
— ¡Hombre, claro! ¡Nos viene de puta madre!
— ¡Bueno, estupendo!

"Julián" quiere cambiar las costumbres habituales, por más seguridad.

Las dos maletas os las van a dejar en un *"Renault Laguna gris"* en el aparcamiento de la estación de Alicante, vosotros solo tendréis que cogerlas del maletero y luego hacéis como siempre. El tren hasta Atocha.

Las llaves del Renault os las pondrá en tu buzón, con la matrícula del coche.

— ¡Vale! Si, está bien, cambiar de vez en cuando la rutina, por si acaso!

— ¡Bueno pues nada! Lo dicho, mañana cogéis el tren de las ocho y veintidós! ¿De acuerdo?

— ¡Sí, todo claro! ¡Mejor que este puto teléfono que no se escucha bien!

— ¡Hasta mañana!

Carlos se lo iba a comunicar inmediatamente a Rafael, para que estuviera listo.

El día siguiente a las ocho los dos quedaron delante de la estación, Carlos ya había comprobado que las dos maletas estaban en su sitio.

Momento después sacaron los billetes para Madrid como siempre, y fueron a buscar el fatigoso equipaje y se montaron en el tren que se encontraba en el andén, dispuesto a partir.

Unos minutos más tarde, el pesado convoy empezó a estremecerse, y partió hacia Madrid.

El viaje iba a trascurrir sin novedad alguna.

— Carlos, estoy un poco intranquilo por mi tontería

de ayer, no sé cómo se me ocurrió sacar el manojo de billetes delante de las chicas.

Pienso que recelan algo, porque no creo que se creyeran lo de las chapuzas.

— ¡Es posible! Quizás deberíamos decirles de una puta vez lo de nuestro negocio, pero temo sus reacciones.

Por otra parte, tampoco está bien mentirles, porque de todos modos un día u otro lo van a descubrir, y será peor.

— ¡Sí Carlos, creo que llevas razón!

Los dos estaban de acuerdo para desvelar sus verdaderas actividades, aunque tuvieran que sufrir algún enfado o contrariedad de sus chicas.

Estaban dispuestos a hacer todo lo posible, para convencerlas y serenarlas lo suficiente y que la potencial indignación no causara daños irreversibles entre ellos.

A la hora prevista, el tren llego a destinación.

Carlos y Rafael bajaron las maletas del tren y se dirigieron hacia la salida.

Como de costumbre iban a tomar un taxi, pero un hombre de unos treinta años se dirigió hacia ellos.

— ¡Hola! Sois Carlos y Rafael, ¿no?

— Sí, ¿por qué?

— Juan, que se quedó en el furgón y yo, venimos a por vosotros de la parte de *"Emilio"* de Fuenlabrada. Nos ha dicho que quiere cambiar el procedimiento y la forma de traslado, porque lo de los taxis es más peligroso.

— Sí, ya lo cambió también en Alicante, nos dejó las maletas en un coche en el Parking de la estación, aunque no me habló de lo vuestro, se le oía fatal por el teléfono, apenas reconocí su voz.

— Bueno pues lo siento, tenéis que montar atrás con las maletas, nos ha dado este cacharro, con solo dos asientos, como lo veis en el rótulo, pertenece a un panadero, pero bueno habrá que apañarse con él.
Sentaos como podáis en las maletas y cuidado agarraros bien en las curvas.
Subieron rápidamente las dos maletas al furgón y después se acomodaron como pudieron.

— ¡Joded! ¡Ahora después del puto tren, lo que faltaba! Tenemos que ir sentados en las maletas, te aseguro que, si no fuera por la pasta, los mandaba a tomar por culo.

— ¡Tienes razón, que coñazo, tener que viajar, así como si fuéramos mercancía!
A Carlos y Rafael, no les gustó mucho ese cambio de estrategia, del cual no les había comentado nada Emilio. Claro que se escuchaba tan mal, que no tuvieron tiempo para más explicaciones.
Pero ese furgón completamente cerrado, sin ventanillas y sin acceso a la cabina, no les convenció demasiado.
Encima el tipo les había encerrado, y como dijo; por si acaso "*la pasma*" les paraba.

— ¡Rafa, no sé lo que está pasando, pero esto no me gusta nada!

— Sí, tienes razón, a mí tampoco. ¡Es muy raro!

— ¡No sé lo que ocurre! ¡Nosotros aquí atrás encerrados como dos gilipollas!
¡Me cago en la puta! ¡Estos dos no tienen nada que ver con *"Emilio"*, nos la están jugando, estoy seguro!

— Y encima sin nuestros móviles, porque *"Julián"* nos obliga a dejarlos en casa cuando vamos con mercancía, porque *"los milicos"* pueden localizarlos, donde quiera que vayas.

— De todas formas, vamos a saberlo muy pronto, pero te aseguro que estoy muerto de miedo.

5

Pasaron casi tres cuartos de hora, cuando el furgón por fin se detuvo.

Oyeron abrir una puerta metálica de un almacén, después el furgón avanzó unos metros, y la cortina envolvente se cerró.

Escasos segundos después, abrieron el portón trasero del vehículo.

— ¡Venga, fuera! ¡Final del paseo!

Les gritó un hombre barbudo, con una pistola en la mano.

Carlos y Rafael aterrorizados, bajaron llenos de inquietud y pánico. No sabían dónde estaban ni con quien, pero con toda seguridad, nada bueno les esperaba. Se encontraban en un inmenso almacén, lleno de todo tipo de coches lujosos.

Media docena de tíos les rodeaban, alguno de ellos apuntándoles con pistolas, y otros se acercaron con esposas y un rollo de cinta aislante.

— ¿Oye, quiénes sois vosotros? Traemos unas maletas para *"Emilio Gutiérrez"*. ¿Dónde está?

Se atrevió a preguntar Carlos.

Todos saltaron a reír a carcajadas.

— ¡Venga! ¡Llevadlos abajo bien ataditos!

Ordenó el barbudo.

Los dos chavales muertos de miedo esposados y amordazados, fueron empujados hasta un montacargas, que se detuvo dos entresuelos más abajo.

Recorrieron un pasillo con varias puertas metálicas cerradas, y llegaron a un cuarto abierto.

— ¡Bueno aquí tienen su "*suite»* señores!

Les gritó uno de los acompañantes, empujándoles hacia dentro.

La pesada puerta metálica se cerró y escucharon el ruido de la llave en la cerradura.

En aquella especie de celda de hormigón, solo había dos literas metálicas, con unos viejos colchones y una manta para cada uno. En un rincón un lavabo, y un inodoro completaba su peculiar apartamento.

Evidentemente, no había ninguna ventana, un pequeño tubo en el techo aportaba el escaso aire para respirar, y tan solo una vieja bombilla con su tenue luz rompía la triste penumbra de la pieza.

Con toda evidencia Carlos y Rafa habían caído en una trampa, los habían engañado como a unos principiantes, unos pardillos novatos.

Habían perdido los cincuenta kilos de mercancía, y además se encontraban presos sin saber en qué lugar, ni por quién.

Y ahora como salirse de esta incómoda postura.

Aquello ya no era una broma, ni un vulgar pasatiempos como se habían tomado los viajes y las entregas, que consideraban más bien como un juego.

Habían cambiado de mundo, lo percibieron al instante al verse rodeados de personas armadas y amenazadoras. Se había acabado el sencillo y casi agradable juego, esto eran ya cosas mayores.

Estaban presos, dispuestos a cumplir cualquier orden o mandato de sus jefes, fueran los que fuesen, sin límite ni miedo a las consecuencias.

Y lo peor para ellos, era verse impotentes, sin saber cómo y a quien pedir auxilio.

— ¿Carlos, qué coño está pasando? ¿Quiénes son esos tíos? ¿Y donde estamos?

— ¡No sé! ¡Rafa, no sé!

Pero todo esto estaba preparado desde Alicante, cuando cambiaron el modo de recoger las maletas.

Lo que no sé es si *"Julián"* está detrás de todo esto, o también lo han engañado.

— ¿Pero por qué nos han secuestrado? ¡Si querían la droga, la podían haber pillado, sin tener que cargar con nosotros!

— ¡Si claro! ¡Pero seguro que tienen otro plan del cual formamos parte!

— ¿Nosotros? ¿Por qué?

— No lo sé, pero el tiempo nos lo dirá.

— ¡Carlos! ¡Me estás asustando!

Durante toda la tarde y la noche que siguió, los dos no paraban de darle vueltas a la cabeza, sin hallar la mínima solución a sus problemas.

Intentaban saber el lugar donde pudiesen encontrarse, pero en ese profundo reducto, solo percibían algunos pequeños ruidos de motor, apenas audibles.

Tampoco nadie les iba a traer algo de comer o beber.

A la madrugada siguiente, ellos se imaginaron, por qué les habían quitado todo lo que llevaban, incluyendo carteras y relojes. Uno de los secuestradores abrió la puerta y les puso una bandeja en el suelo con dos bocadillos y una botella de agua.

Sin pronunciar la mínima palabra, cerró de nuevo la puerta y marchó.

6

"Alicante"

En Alicante, *"Julián"* sumamente alterado, contactó Emilio Gutiérrez su colega de Fuenlabrada.
Estaba nervioso porque los chavales le llamaban siempre desde una cabina de la estación, para decirles que todo estaba bien, y esta vez no había recibido ninguna noticia.
— ¡Oye Emilio! ¿Han llegado los chicos?
— ¿Qué chicos? ¡Aquí no ha venido nadie!
— ¡La puta madre! ¡Qué coño han hecho esos dos gilipollas!

— ¿Joder, pero qué pasa aquí? Le dejaste las maletas En el laguna como convenido, ¿no?

— ¡Pues claro! Y fuimos a recoger el coche y estaba vacío, por lo tanto, donde coño han ido con las maletas, esos capullos de mierda?
Y ahora que le digo yo a *"Atwan"*.

— ¡Como nos la hayan jugado, te juro que acabaran los dos con un tiro en la cabeza!
Aquí vamos a intentar averiguar donde han ido, vosotros mirad a ver si llegaron a Atocha, ¡no se pueden haber evaporado!
Por su parte, las chicas también estaban inquietas y preocupadas, se habían citado la noche anterior en casa de Ana, y desde entonces a pesar de haberles llamado y mandado multitud de WhatsApp, no habían conseguido localizarlos.
A Isabel se le ocurrió llamar a *"Mercalicante",* para saber si habían acudido a sus trabajos.

— ¡Si! ¡Buenos días! Mire llamo para saber si Carlos Ledesma y Rafael Gutiérrez, que trabajan de electricistas están presentes!

— Si espere un momento la paso con su encargado.

— ¿Si dígame?

— ¡Buenos días! Mire, pregunto por dos de sus empleados, Carlos Ledesma y Rafael Gutiérrez, Carlos es mi novio. ¿Están en sus puestos?

— ¿Cómo dice? Carlos Ledesma y...

— Si Rafael Gutiérrez.

— ¡Señorita lo siento, aquí no tenemos nadie con

esos nombres y apellidos!
¿Están seguras de que trabajan de electricistas?
Espere un instante, la paso con el servicio de contratación.
Después de un momento de espera, la encargada de contratación consultó su computadora, y le afirmó que no tenían, ni habían jamás empleado ninguno de los dos.
Isabel no supo qué decir.

— ¿Qué te han dicho?

— ¡Pues, que no los conocen, que allí no trabaja ninguno de los dos!

— Sabía que nos estaban mintiendo.
Los cabrones, nos la van a pagar, espera que aparezcan.

— ¡Si es que aparecen!
Las dos, decidieron pasar a preguntar a sus padres, Pero ni los de Carlos, ni de Rafael, tenían ninguna noticia. Estaban a punto de dar cuenta a la Policía, por desaparición, porque ellos tampoco habían conseguido hablar con ellos.

— Esperen un momento, voy a hablar con mi padre, al ser Inspector, podrá decirme como hacer en estos casos.
Dijo Isabel.
Ella iba a hablar con su padre de lo ocurrido, y el inspector Felipe Navarro le contestó que los padres de los dos chicos pasaran por comisaría para hablar con

él, que los recibiría en persona para aclarar las cosas y mirar lo que se podría hacer.

Fijaron una cita con el inspector, y los padres de los dos, acompañados de Isabel y Ana se presentaron allí como dicho.

Al instante fueron recibidos en su despacho, por el padre de Isabel.

— ¿Vamos a ver? ¡Isabel me ha contado lo ocurrido! ¿Tienen alguna nueva desde ayer?

Preguntó Navarro.

— ¡No! Ninguna novedad, ni han llamado ni hemos podido comunicar con ellos , los móviles no contestan, solo salta el contestador.

— ¿Han tenido algún problema o conflicto con ellos, estos días?

— ¡No! ¡En absoluto!

Contestaron todos.

— ¿Y tampoco han notado algo raro o inhabitual en alguno de los dos?

— ¡No! Nosotros los hemos visto como de costumbre,

ellos marchan por la mañana a trabajar a *"Mercalicante",* y vuelven a dormir a casa, tarde, ¡eso sí!

— ¿Les han dicho que trabajaban en ese lugar? Porque nos hemos informado y nos han dicho que allí no los conocen para nada.

Añadió Isabel.

Los padres de los chicos se quedaron estupefactos y completamente desconcertados.

— ¿Pero entonces dónde van? ¿Y qué hacen durante todo el día?

— ¡Pues nosotras tampoco lo sabemos! También nos habían dicho lo mismo.

Navarro, que escuchaba con atención, se quedó pensativo.

— ¡Aquí pasa algo raro e inhabitual!

Añadió el Inspector.

— Normalmente, no intervenimos en estos casos de desaparición, al menos que haya motivo suficiente para emprender una búsqueda.

Ellos son mayores de edad, y no tienen por qué dar ninguna explicación de sus vidas.

Pero el hecho de que hayan mentido sobre sus empleos me parece suficiente para intentar averiguar algunas cosas.

¿Vosotras que los conocéis bien, tenéis algo que contar o añadir?

Preguntó el Inspector a las dos jóvenes.

— ¡No! ¡Bueno una cosa, sí!

Ellos pagan todo en efectivo, y disponen de mucho dinero, a nosotras nos ha parecido raro.

Se lo hemos preguntado, dicen que se lo ganan haciendo chapuzas, aunque no nos han convencido.

— Bueno intentaremos saber de dónde les viene el dinero, pero lo primero es dar con ellos.

¿Cuánto tiempo dicen que han desaparecido?

— Ya hace dos días, y hoy es el tercero.
— ¿Vosotras les conocéis otros amigos?
— Bueno nos hemos visto con algunos para tomar algo, pero no los conocemos.
— Solo sabemos algún nombre, hay uno rubito que se llama José, y otros dos morenos Alfonso, creo y Camilo, todos más o menos de la misma edad,
¡Ah! Está también su chica Belén.
— Bien, pues intentar vosotras averiguar sus apellidos por lo menos el de alguno, nos ayudará para las investigaciones.
Propuso Navarro.

7

"Madrid"

En su celda, Carlos y Rafael, ya no sabían que pensar, estaban casi seguros de que los iban a matar, iban a desaparecer para siempre, porque no veían motivo alguno para que los soltaran.
Los secuestradores no habían tomado ninguna precaución para no ser reconocidos, ni si quiera se cubrieron las caras. Es por lo que sabían perfectamente lo que eso significaba para ellos. También podrían ocurrir cosas peores, antes de morir,

ser torturados, para que revelaran el nombre de sus jefes y el lugar donde depositaban la mercancía.

Aunque los dos estaban aterrorizados, Carlos intentaba ocultar su miedo, con alguna broma para salvar las apariencias y disimular su insoportable temor. Pero Rafael no podía evitar espantar su aterrador pánico de ninguna manera.

Se encontraba como en un estado de *"shock"*, que le impedía hasta pensar.

Y lo que temían, era lo que iba a ocurrir.

A la mañana siguiente, escucharon la llave en la cerradura, y la pesada puerta se abrió.

Ellos pensaban que les traían la bandeja con algo que nutrirse, pero dos carceleros se presentaron delante de la puerta.

— ¡Tú! ¡Ven aquí!

Chillo uno de ellos, señalando a Carlos.

Él tímidamente se acercó, lo sacaron de la celda sin la mínima cautela ni consideración, y se lo llevaron.

Rafael, que se quedó solo, no pudo más y se vino abajo, poniéndose a llorar.

Para él había llegado la hora tan temida, se habían llevado a su amigo sabe Dios donde, y después llegaría su turno. Su mente lo atormentaba e imaginaba lo peor. Como podía haberse metido en ese lío, lo maldecía mil veces, pero era demasiado tarde, ya no había marcha atrás.

8

"*Pérez Atwan*", el poderoso dirigente narcotraficante que empleaba a "*Julián Casales*" en Alicante, y "*Emilio Gutiérrez*" en Fuenlabrada, además de todos los hombres de mano de los cuales formaban parte Carlos y Rafael, no tardaría en enterarse de lo ocurrido.

Entró en una furia y rabia sin límite.

Habían osado encararse a él y saquear su negocio, alguien tenía que pagar por ese ultraje e injuria a su persona.

— Nadie se ríe de "*Atwan*" sin atenerse a sus graves consecuencias.

Y, además, juró que de todos modos recuperaría hasta el último gramo de su mercancía, cayera quien cayera.

"*Atwan*" desconfiaba de " *Elías Nájera*", la competencia en los sucios negocios.

Aunque su actividad estaba más centrada en el tráfico de coches de lujo, también se dedicaba al de la droga.

Por lo tanto, para él solo podía ser " *Nájera*" el responsable de lo ocurrido, porque en ese mundillo se conocían todos y no había ningún contrincante más.

Los dos actuaban y se repartían las mismas zonas, la de Alicante y la del sur de Madrid.

Por lo tanto, «*Atwan*" iba a declararle una guerra total.

No permitiría ninguna injerencia ni intromisión en sus negocios, y menos aún cuando ocurre el robo de cincuenta kilos de hachís, sin contar con la desaparición de dos de sus hombres responsables del traslado de la mercancía.

"*Atwan*" con "*Julián*" y sus hombres iban a montar una operación de envergadura en Alicante.

Conocían perfectamente los hombres que trasladaban los coches robados al ferry,

— ¡Julián! Quiero que me traigas a cuatro de sus mejores coches con los chóferes, antes que embarquen. ¡Se va a enterar ese puto cabrón de mierda!

¡Y los quiero ya! Así que, a moverse, de mi no se ríe ese "*Nájera*", ¡Hijo de la gran puta!

"*Julián*" iba a reunir a sus hombres para montar el asalto, y hacerse con cuatro de sus mejores y lujosos automóviles, que "*Nájera*" depositaba en un almacén del "*Polígono Industrial Pla de la Vallonga*" en la autovía 235, y al mismo tiempo raptar los cuatro conductores.

Sabía perfectamente que embarcaban siempre los coches en el último Ferry de la tarde.

Sobre las cuatro, *"Julián"* y sus hombres, se presentaron en un todoterreno a la puerta del almacén, armados y con uniforme de la Guardia Civil.

Llamaron a la puerta y unos segundos después alguien vino y la entreabrió.

Los hombres de *"Julián"* la empujaron y penetraron sin dificultad.

"Julián" disparó dos veces al aire, que fueron a perforar el tejado metálico del local.

La sorpresa fue total para todos los presentes que se creyeron atrapados, por la *"Benemérita"*.

— ¡Todos aquí con las manos en alto! ¡Rápido!

Los tipos acudieron al instante.

— ¡Venga todos al suelo!

Inmediatamente les ataron las manos en la espalda con esposas de plástico y les cachearon por si llevaban armas, pero al haberlos cogido completamente desprevenidos, ninguno llevaba nada.

"Julián", recorrió el vasto almacén, y señaló los cuatro mejores coches presentes.

Desataron a cuatro jóvenes que eran los que solían llevar los vehículos hasta África, y les obligaron a sacarlos a la puerta.

Mucrtos de miedo iban a ejecutar las maniobras inmediatamente.

Unos minutos después, los cuatro jóvenes acompañados cada uno de un sujeto de *"Julián"* en uniforme, prendieron la ruta hacia un almacén aislado de *'Pozoblanco"*.

Allí iban a depositar los vehículos y retener cautivos a los cuatro jóvenes. *"Atwan"* ya tenía su venganza, y ahora si *"Elías "Nájera"* quería negociar, impondría sus condiciones.

9

"Madrid"

En algún lugar de las cercanías de Madrid, Carlos que había sido extraído de su celda, dejando solo a su amigo Rafa, fue conducido a otro local a la otra punta del sótano. Allí se encontraba *"Pertinov"*, el barbudo que les acogió al llegar de Atocha, sentado en una silla metálica, detrás de su pequeño escritorio al igual.
 — ¡Vamos a ver! ¿Cómo te llamas?
 — ¡Carlos Ledesma! ¿Por qué nos retienen aquí?
 — ¡Cállate! ¡Solo te he preguntado tu nombre! ¿Y tu compañero?
 — ¡Rafael Gutiérrez!

Trabajáis los dos para *"Etwan"*, ¿verdad?
— ¡Si! ¡Pero eso ya lo sabéis!
— ¡Quiero saber dónde vive!
— No lo sé, ni mi amigo tampoco, recibimos las órdenes de otra persona. ¡Yo jamás lo he visto!
— ¡Anda, basta ya de tonterías! A mí no me cuentes chorradas, porque nos vas a decir todo, de una manera o de otra.
¡Está claro! ¡Solo te lo voy a preguntar otra vez por las buenas! ¡Si no contestas iremos por las malas!
¡Tú mismo!
— ¡Pero le he dicho que desconozco totalmente donde vive!
— ¡Vale! ¡Ya te avisé!
"Pertinov" se levantó de su silla y se plantó frente a Carlos, que permanecía en pie.
Sin decir palabra le asentó un puñetazo en toda la cara derrumbando a Carlos que cayó al suelo con el rostro ensangrentado.
Seguidamente, lo levantó agarrándole de la solapa de su cazadora y le golpeó de nuevo con más fuerza.
El volvió a caer, pero esta vez golpeándose la cabeza sobre el muro de hormigón, quedándose extendido en suelo sin sentido.
"Pertinov" llamó a dos de sus hombres para que lo llevaran de nuevo a su celda con Rafael.
Sin la más mínima precaución, lo soltaron encima de la litera, Carlos inconsciente, seguía sangrando, y con su rostro hinchado estaba irreconocible.

Los dos matones lo dejaron allí sin ningún cuidado ni asistencia. Rafael al verlo casi se desmayó, como podían haber hecho eso a su amigo. Intentó hablarle, pero no contestaba. De repente le entró un ataque de pánico, y empezó a gritar y pedir auxilio, pero nadie le hizo caso, y permaneció un largo rato postrado en un rincón de la celda, sin moverse.
Pasó media hora y Carlos por fin reaccionó.

— ¿Dónde estoy?

Preguntó Carlos con una voz apenas audible.

— ¡Carlos! ¿estás bien? ¿Quién te ha hecho eso? ¡Por un momento pensé que te habían matado! ¡Tranquilo tío! ¡Estás aquí conmigo! Soy Rafa. ¡Esto es una pesadilla! ¡No puede estar pasando! ¿Porque te han golpeado de esta manera?

— ¡Quieren saber dónde vive *"Etwan"*!

— ¿Y no se lo dijiste claro?

— ¡No! ¡Porque si se lo digo, *"Etwan"*! me mata!

— ¿Pero qué podemos hacer? ¡Porque seguro que ahora me toca a mí! Y te aseguro que yo no aguanto eso.

— ¡Pues si les comunicas donde vive, atente a las consecuencias! ¡Ya sabes que no bromea!

— ¡Joded, tío! Esto es de locos.

Rafael estaba aterrorizado y atónico, ya no aguantaba de los nervios, todo su cuerpo temblaba de pánico. Mientras Carlos estaba tumbado en la litera, aguantaba como podía deshecho de dolor.

Los dos sabían que los mantendrían presos hasta que comunicaran todo lo que *"Pertinov"* quería saber sobre la banda de *"Etwan"*.

Y después lo más seguro, los matarían, porque no podían dejar testigo alguno.

Estaban los dos perdidos en sus pensamientos, cuando la puerta de la celda se abrió.

Rafael sorprendido, se tiró encima de la litera y llevó tembloroso, sus manos a la cabeza.

Pero los dos tipos venían, con la bandeja de la comida y a comprobar que Carlos estaba vivo.

— ¿Oye chaval, como te has hecho esto? ¡Ten cuidado en las escaleras cojones! ¡Has visto por hacer el tonto lo que pasa!

¡Ah! ¡Sí! Tú el otro, date prisa de comer, porque creo que *"Pertinov"* quiere hablar contigo.

Pero la tarde pasó y nadie vino a buscar a Rafael.

Sobre las once de la noche la puerta se abrió de nuevo, y alguien vino a traerle los bocatas para cenar.

— ¡Bueno parece que por hoy te has librado de *"Pertinov"*, porque se han marchado todos, pero mañana te toca seguro!

Le dijo *"Arturo"*, el guarda de turno.

Al oír esas palabras, Carlos, loco de rabia, se incorporó y se lanzó sobre el tipo tirándole al suelo.

Y empezó a pegarle guantazos, hasta dejarlo letárgico.

— ¡Rafa! ¡Rápido, vámonos!

Recogieron el manojo de llaves que llevaba, y se libraron de sus esposas.

Después lo echaron sobre una litera, comprobaron que respiraba, y tras quitarle la cartera, lo encerraron en la celda.

Por fin, se dirigieron por el pasillo hacia el montacargas.

— ¡Espera Rafa! No acciones el ascensor, subimos por las escaleras, por si hay alguien, arriba.

Ascendieron las dos entreplantas rápidamente, y llegaron al almacén, donde no vieron a nadie.

Efectivamente solo quedaba el guarda que les bajó la cena.

Buscaron la llave en el manojo, y la puerta del almacén se abrió.

Por fin estaban libres.

Carlos y Rafa, no se lo creían, se encontraban fuera de ese calabozo en total libertad.

La noche oscura y con niebla impedía los escasos y pésimos focos del alumbrado, de apreciar las calles desiertas de la zona industrial.

No sabiendo donde y como dirigirse, a Rafael se le ocurrió robar una furgoneta, el único vehículo que percibieron en aquel lugar.

Para el no iba a causarle ninguna dificultad, sacó una de las llaves del manojo y la introduzco en la cerradura. Después cogió una piedra y golpeo fuertemente la llave hasta que penetrara por completo, el mecanismo cedió al instante.

Los dos se metieron dentro y Rafa tiró fuertemente del panel de plástico que cubría la parte baja del salpicadero, donde se encontraba todo el hilado.
En unos segundos encontró los dos cables del contacto y los juntó.
El motor se puso en marcha inmediatamente, y dieron unas vueltas hasta encontrar un panel indicador.

"*Móstoles*"

— ¡Joded! ¡Tiene cojones! Estábamos muy cerca de *"Emilio"* de Fuenlabrada.
Dijo Carlos.
— ¡Sí! ¿Qué hacemos, lo llamamos?
— ¡A ver si encontramos alguna puta cabina que funcione!
Se pusieron a dar vueltas por la ciudad, buscando un teléfono, después de comprobar en varios sin suerte, al final encontraron uno que daba señal.
Nerviosamente marcaron el número de *"Emilio Gutiérrez"*.
— ¿Sí, quién es?
Contestó *"Emilio"* medio dormido.
— ¡Somos Carlos y Rafael de Alicante!
— ¡Por fin aparecéis! ¿Pero dónde coño estabais? ¡Anda que la habéis liado buena!
— ¡Calma, tranquilo! *"Emilio"*, los hombres de *"Nájera"* nos han tenido presos en *"Móstoles"*, acabamos de escaparnos, hace un momento, y

estamos todavía aquí, hemos levantado un coche. ¿Ahora qué hacemos?

— ¡Bueno espera que piense! ¡Veniros para el local de Fuenlabrada, porque aquí en mi casa no puede ser!

Yo marcho para allá, nos vemos delante de la puerta. ¿De acuerdo?

— ¡Vale! Allí nos vemos. Gracias *"Emilio"*.

Un cuarto de hora después, estaban todos delante del local.

Tras contarle lo ocurrido con sumo detalle, *"Emilio"* les propuso de pernoctar allí.

Podrían pasar la noche y descansar en una de las numerosas salas del amplio almacén, algunas de ellas provistas de camas y duchas y todo tipo de sencillo pero apreciable confort.

Al día siguiente podrían regresar a Alicante con el tren.

Allí deberían inventar alguna excusa creíble, para las familias y sobre todo para la Policía.

— De momento vamos a deshacernos del coche. Propuso *"Emilio"*.

— ¡Vais a llevarlo a las afueras, y le prendéis fuego! Yo os sigo con el mío y regresamos aquí.

— ¡Vale!

— ¡Bueno pues cogéis un bidón de gasolina de los que están en ese cuarto, y vámonos!

Los dos coches marcharon hacia el *"Parque Forestal del Sur"*, situado al norte de Fuenlabrada, donde accedieron por la *"Senda Alta de Pelayo",* y en un descampado, prendieron fuego a la furgoneta. Inmediatamente regresaron al almacén, y *"Emilio"* se despidió.

— ¡Bueno chavales, hasta mañana!
— ¡Hasta mañana *"Emilio",* Gracias por todo!

10

"Alicante"

Al día siguiente por la mañana, los dos tomaron el metro hasta Atocha, y el primer tren hacia Alicante. No sabían que historia iban a contarle a las chicas y sus familias, pero sobre todo a la Policía, para justificar su ausencia.

— ¡Escucha Rafael, se me ocurre una cosa!
— ¡Tú dirás!
— Vamos a contarles a todos una mentira muy gorda, pero cuanto más inverosímil sea, más se la van a creer.

— ¿Pero no quedamos en que le íbamos a decir la verdad a las chicas?

— ¡Sí, por supuesto, pero más adelante, con tranquilidad, de momento lo que importa es que todos se crean lo que les contamos!
¡Nos jugamos mucho en esto, que no se te olvide!

— No te preocupes Carlos, sé perfectamente lo que podría ocurrirnos.

— ¡Atento Rafa! Vamos a decirles que el otro día estábamos en una cafetería del paseo, y se nos acercó un francés, con su esposa, muy elegantes los dos, y nos dijeron que buscaban chicos españoles de nuestra edad, para rodar una película en París.
Se trataba de un corto, que se rodaría en tres o cuatro días, sobre la juventud europea, donde participaban jóvenes de varios países.
Y que pagaban dos mil euros por persona, con todos los gastos pagados.
Nos dijeron que no se comentara nada porque era un proyecto, que se revelaría en el *"Festival de Cannes"*.
Entonces, nos dejemos llevar porque era una oportunidad de ganar un buen dinero en poco tiempo.
Nos hicieron firmar un contrato a cada uno, redactado en francés, que firmemos sin saber lo que estipulaba.
Todo tenía que hacerse con rapidez y con la máxima confidencialidad. Fue la razón por la cual no dijimos nada a nadie, sobre todo que teníamos que partir al día siguiente a primera hora.

Nos dieron cita a las seis y media de la mañana en el mostrador de las salidas del aeropuerto.

Allí estaban como previsto, y el viaje trascurrió perfectamente. Dos horas más tarde, el avión aterrizó en el aeropuerto parisino de "Orly".

Allí nos esperaba una lujosa Limusina, que nos conduzco hasta nuestro hotel.

Quedaron de venir a buscarnos a las dos de la tarde, y así fue. Nos mandaron un Mercedes negro con su chofer particular en uniforme, que nos llevo al sitio donde se situaba el rodaje.

Tenía lugar en un grandísimo apartamento de la periferia. Allí había multitud de gente, material de cine y cables eléctricos por todas partes.

Nos llevaron a una de las habitaciones que hacía de camerino, y nos dijeron que nos quitáramos la ropa y que nos pusiéramos la que tenían preparada para el rodaje.

Aquello empezaba ya a parecernos un poco raro.

La ropa que nos dieron nos pareció *"cutre"*, era como para interpretar algún rol o actuación.

Seguidamente pasaron a maquillarnos excesivamente. Allí no había nadie que hablara español, un pelirrojo que parecía el responsable, nos hablaba siempre en francés, a nosotros que no teníamos ni puta idea de esa lengua. Pero la ida y venida de varios y varias jóvenes medio en cueros, nos iba a sacar de dudas.

Ahora estaba claro, en aquel apartamento se estaba rodando otro tipo de películas, y supongo que ya os las imagináis.

Rápidamente nos quitamos los disfraces, y nos vestimos con lo nuestro.

El pelirrojo se puso enfurecido, e intentó impedir que nos marcháramos, pero bajamos las escaleras de cuatro en cuatro hasta vernos en la calle.

Corrimos todo lo que pudimos, y cuando pensamos que estábamos a salvo nos sentamos en un banco.

Aquel humillante y vergonzoso sofoco, nos dejó sin aliento.

Habíamos hecho el ridículo, y temíamos por las consecuencias, al haber firmado aquel contrato.

Ya no teníamos la posibilidad de pasar por el hotel a recoger nuestras maletas.

¿Dónde íbamos a dormir? Porque partimos de Alicante con poco dinero, sabiendo que no nos haría falta. Todos los gastos estaban incluidos y además íbamos a ganar una cantidad consecuente.

Entonces no tuvimos más remedio que buscar algún trabajillo, haciendo de camarero en algunas *"Brasserries"* de la ciudad que nos daba apenas para comer. Las noches las pasábamos en los parques entre los vagabundos, y luego nos aseábamos un poco en los lavabos de la estación *de "Austerlitz"*.

Hasta que dimos con unos españoles, que viajaban a Alicante.

Les explicamos nuestra situación y tuvieron la amabilidad de adelantarnos el dinero para los billetes. Y de esa forma terminó nuestra absurda indignante y estúpida actuación.

— ¿Qué te parece Rafa?

— ¡Joded, Carlos! ¡Hasta a mí me parece verdad! Tu deberías dedicarte a guionista. ¡Eres la ostia!

— Bueno pues mentaliza todo bien porque
tenemos que decir lo mismo, a los nuestros y sobre todo a *"Los Milicos"*.

Nada más llegar a la estación de Alicante, acudieron a casa de sus padres. Desde allí avisaron a sus chicas y seguidamente se presentaron en comisaría, contando siempre la misma inédita historia.

11

"Madrid"

Al día siguiente, en Madrid, *"Elías Nájera"* convocó a *"Petronov"* el responsable de custodiar a Carlos y Rafael en los sótanos de *"Móstoles"*.
— ¿Pero qué coño habéis hecho? ¿Cómo es posible que se os escaparan de la celda?
Aquí van a rodar cabezas, banda de patéticos inútiles. Esos no tenían que haber salido vivos de ese lugar.
¿No os dais cuenta de lo que pueden armar ahora?
Esta tarde habrá reunión en *"Móstoles"*, os quiero todos allí a las tres.

A la hora prevista, todos los de la banda con *"Petronov"* en cabeza, esperaban la llegada de *"Nájera"* con temor.

Cinco minutos después apareció en su flamante *"Mercedes clase C"* negro.

— ¡Venga, todos conmigo abajo, rápido!

"Elías Nájera", reunió a todos sus hombres que trabajaban en su zona de Madrid.

— ¡Vamos a ver! ¿Quién estuvo de guardia ayer noche?

— ¡Yo jefe! Contestó tembloroso *"Arturo"*.

Sin pronunciar media palabra, *" Nájera"* le pegó un tiro en la cabeza, y *"Arturo"* se desplomó cayendo al suelo sin vida.

— ¿Alguien tiene algo que añadir?

— ¡No jefe! Contestaron todos al unísono.

— ¡Bueno "Petronov" que hagan desaparecer esta escoria de aquí! ¡Y todos los demás a trabajar, pero ya!

"Elías Nájera" había pasado sus nervios y su humillación e inconmensurable afrenta *sobre "Arturo",* pero sabía que ese gesto no le libraría del desafío que le había ocasionado su rival *" Pérez Atwan".* Los chavales se habían escapado, pero los cincuenta kilos de mercancía seguían entre sus manos, que para él era lo principal.

Esas dos maletas repletas podrían servirle para recuperar sus hombres y ante todo sus cuatro magníficos *"Ferraris'* rojos a manos de *" Atwan",* en Alicante.

12

Carlos y Rafael habían conseguido engañar a todos con su alucinante y espectacular historia.
Por lo tanto, la policía iba a cerrar el caso sin más incidencia. Los padres atentos y completamente convencidos les reconfortaban.
Pero, aunque Isabel y Ana, les seguían mostrando su atento y complaciente cariño, intuían algo curioso y sospechoso en sus relatos. No era la primera vez que las engañaban, y sus mentes percibían algo inusual.
Y en algún momento, tendrían que sacarlas de duda y convencerlas con pruebas tajantes.
Pasaron unos días, y el susto ya superado, todo parecía haber recobrado la normalidad.
Las dos parejas seguían viéndose en el piso de *"Ana"* de la calle Serrano sin mencionar más el tema.

Pero una tarde que estaban los cuatro, Carlos y Rafael iban por fin a contarles la verdad, y toda la verdad.

— ¡Escuchad!
¡Tenemos que contaros todo sobre varias cosas, porque ya no podemos mentiros más!
Jamás hemos trabajado ninguno de los dos en *"Mercalicante"*, pero eso ya lo sabéis, lo que seguro no os figuráis es que estuvimos los dos metidos hasta el cuello en el tráfico de hachís. Lo recogíamos aquí en Alicante y lo llevábamos hasta Fuenlabrada cerca de Madrid.
¡Ahora sigue contando tu Rafa!

— ¡Vale! Todo eso es cierto, hasta que un día nos tendieron una trampa en la estación de Atocha, los hombres de otro traficante, un tal *" Elías Nájera"*.
Al llegar a la estación nos estaban esperando con una furgoneta, y nos dijeron que era para más seguridad, porque habitualmente cogíamos un taxi.
El caso fue que nos llevaron hasta un almacén, y nos encerraron en una celda, donde estuvimos durante esos días que desaparecimos. Una noche cuando el guarda que se encontraba solo en el almacén vino a traernos unos bocatas para la cena, entonces Carlos se lanzó sobre él y le quitemos las llaves, y lo encerremos. A continuación, pudimos salir sin ninguna dificultad.
¡Vale sigue tu Carlos!

— Robamos una furgoneta y fuimos hasta una cabina telefónica y llamamos a "Emilio", nuestro contacto en Fuenlabrada.

Pudimos dormir un poco en el local, y por la mañana cogimos el tren para Alicante.
Y esta es toda la verdad, os la debíamos a vosotras.
Ahora decidid lo que queráis, porque tenéis todo el derecho de culparnos y dejarnos.
Solamente deciros, y hablo también por Rafa, lo sentimos mucho, pero os queremos de verdad.
A penas había terminado de hablar, Isabel se lanzó al cuello de Carlos y Ana la imitó con Rafael.
Todo estaba perdonado, Pero ya no habría más mentiras y a partir de ahora buscarían un trabajo decente. Esa noche fue una de las más dulces para los cuatro enamorados que, aunque Carlos y Rafael, habían cometido cosas delictivas, iban a rectificar a tiempo, para cambiar drásticamente su porvenir.
Pero también Isabel y Ana, por amor, habían sabido perdonar, y ayudarles a emprender el buen camino.
Los dos chicos iban a comunicar a *"Perez Atwan"* a través *"Julián"*, que dejaban definitivamente su colaboración en el negocio, y que se buscarían un trabajo con adecuación a sus nuevos proyectos de vida.

13

"Torrevieja"

Tres días después, *"Pérez Atwan"* y *"Elías Nájera"* los dos poderosos traficantes, iban a reunirse en el piso que *"Atwan"* tenía en el maravilloso paseo marítimo de Torrevieja, para parlamentar e intentar llegar a un acuerdo sobre todas sus discordias y conflictos que desorganizaba todo el sucio tráfico. Los dos estaban de acuerdo en una cosa. Ese contencioso no podía durar, porque entorpecía los negocios de los dos. Sentados en el lujoso salón del piso de *"Atwan"*, los dos potentes mafiosos, estaban dispuestos a solventar sus discordias, de manera pacífica e inteligente que pudiera satisfacer a ambos.

— ¡Mira *"Elías"*! Debemos dejar atrás todo lo pasado, porque de no hacerlo, los únicos que saldrían ganando serían los maderos, y en poco tiempo tendríamos a otros sustituyéndonos en nuestros negocios.
¿Qué te parece?

— ¡Sí, en absoluto, *"Pérez"*! Los únicos ganadores serían ellos. Y llevas razón, a la naturaleza no le gusta la vacuidad.

— ¡Bueno, pues de acuerdo, está hecho!

— Te devuelvo los coches con sus chóferes, y tú me remites mi mercancía.

— ¡Sí *"Pérez"*! Me parece un buen canje.

— Para que veas que confió en tí, esta misma tarde podrás embarcar tus coches en el ferry. Espera un momento, llamo a *"Julián"* delante de ti, para que los liberen a todos. Podrás comprobarlo tu mismo antes de regresar a Madrid.
"Pérez Atwan" descolgó su teléfono y llamó al almacén.

— ¡Hola *"Julián"*! Tienes luz verde para soltar a los cuatro rehenes con sus *"Ferraris"*. ¡Ahora mismo!

— ¡De acuerdo jefe, en cinco minutos están libres!
"Elías Nájera" no pudo ocultar su satisfacción.

— ¡Perfecto *"Pérez"*! ¡Así me gustan los negocios! Mañana mismo tendrás tu mercancía en Alicante.

— ¡Sí! ¡Confió en ti!

Después de despedirse de *"Atwan"*, *" Nájera"* volvió a Alicante y comprobó que los cuatro coches con sus hombres estaban de nuevo en su almacén del *"Polígono Industrial Pla de la Vallonga"*.
Completamente satisfecho *" Nájera"* regresó en un vuelo a Madrid.
Pero él, jamás tuvo la intención de devolver los cincuenta kilos de resina de hachís, que había substituido a los chavales.
— ¡Pero que se ha creído ese mamón de *"Atwan"*!
¡A lo mejor piensa que está jugando con algún crío!
Este desgraciado, con su facha de maricón no sabe con quien esta tratando, con su pajarita y sus zapatos de cocodrilo parece un *"chulapa"*.
Y esos dos cabrones que se fugaron, juro que me lo pagarán. ¡De *"Elías Nájera"* no se ríe nadie!
Efectivamente pasaron cuatro días, y *"Atwan"* no había aun recibido las maletas como concertado.
Esto ya empezaba a oler mal, algo pasaba, porque *"Nájera"* no había cumplido su palabra, y no había llamado para argumentar algún impedimento o causa. *"Atwan"* intentó comunicar con él, pero no lo lograría.
— ¡Me cago en la puta! ¡Este cabrón me la está jugando por toda la cara!
¡Ya me parecía a mi muy dócil y ameno, y yo confié en el cómo un tonto! Pero que no se imagine un solo instante que va a salirse con las suyas.
¡Ese miserable rastrero hijo de chatarrero, quién se cree que es para plantarme cara!

La guerra esta vez iba a ser total entre los dos maleantes, pero la iba a declarar *"Nájera",* y de forma inesperada.

14

"Alicante"

Isabel y Ana, que solían ir y venir a la Universidad en Autobús, decidieron aprovechar la tarde maravillosa para regresar al piso andando, y tomarse algo en las terrazas de los bares. Pero en un tramo poco concurrido, un furgón paro junto a ellas y en dos segundos dos hombres salieron por la puerta lateral y las empujaron al interior. Las dos chicas no tuvieron tiempo de reaccionar. Las habían raptado con una rapidez y facilidad desconcertante.

El furgón arrancó rápidamente y nadie se dio cuenta de lo ocurrido. En el interior del vehículo, en un momento las dos chicas estaban maniatadas amordazadas y con las cabezas cubiertas con un saco de tela negra que les impedía ver la luz del día.

Muertas de miedo, ni siquiera se atrevían a gritar, estaban como paralizadas e hipnotizadas.

¿Qué les estaba ocurriendo?

¿Quiénes eran esos tipos?

¿Y por qué se habían atacado a ellas?

Muchas preguntas les pasaban por la mente, sin hallar ni intuir la más ínfima respuesta.

El furgón iba a tomar la autovía hacia Madrid.

Durante las casi cinco horas que duró el viaje, no intercambiaron ninguna palabra con los secuestradores.

Sujetas en sus asientos, solo percibían de vez en cuando algún susurro entre ellos, y el intenso sonido de la radio.

Al final del trayecto, empezaron a detectar el riguroso ruido del tráfico de la ciudad.

Pero no sabían donde estaban, pero con toda seguridad en una ciudad importante, podrían ser muchas, entre ellas Valencia, Barcelona, Madrid, o cualquiera otra del sur como Málaga, Córdoba o Sevilla.

Solamente se dieron cuenta que entraban en un aparcamiento subterráneo, porque de pronto se cortó el bullicio y el intenso ruido del tráfico.

Efectivamente el furgón se había metido en el parking privado de un inmueble del *"Barrio de Salamanca"* a

proximidad inmediata de la *"Castellana»,* cerca de *"Alcalá".*
Allí las bajaron, y las llevaron hasta el ascensor que se detuvo en la cuarta planta.
Caminaron unos pasos por un pasillo y uno de los dos acompañantes accionó el timbre de una puerta.
Se oyeron unos pasos, y una voz de hombre contestó.
— ¿Sí, quién es?
— ¡Somos nosotros, traemos el pedido!
— La puerta se abrió, y los hombres las empujaron al interior del piso.
— ¡Bien muchachos, buen trabajo! Dejadnos solos, bajad a ver si todo está listo.
El individuo, les quito los sacos que les impedían ver. Después de unos momentos de adaptación a la luz del día, vieron que se encontraban con un hombre de unos cuarenta años, elegantemente vestido y en un lugar amplio y lujoso. Aunque ellas todavía no lo sabían, esa persona era el mismísimo " *Elías Nájera".*
Había ordenado raptarlas y traerlas a su domicilio. Tenía ya proyectado el oficio para ellas, de esa manera se iba a vengar de la indignante y vergonzante humillación causada por la fuga de Carlos y Rafael.

15

"Madrid"

Isabel y Ana, no entendían lo que pasaba, las habían secuestrado, y después del largo viaje, se encontraban en un lujoso piso, con un personaje que no conocían.
— ¡Hola chicas! ¿Qué tal el viaje?
Ellas no contestaron.
— ¡Bienvenidas a Madrid!
Les precisó *"Nájera"*
— ¿Quién es usted, porque nos han traído aquí? Preguntó Isabel.
— Me llamo *"Elías"*, y estáis en la capital para

vuestro nuevo empleo. ¡Ya sé que tú eres Isabel y tu Ana! ¿Y qué cursáis en la Universidad de Alicante, no es así?
Pero a partir de ahora ya tenéis empleo fijo.
¡Vais a trabajar para mí!

— ¡Pero nosotras no hemos terminado nuestra carrera, tenemos que seguir con los estudios!

— ¿Vuestra carrera, para qué? Si luego no hay trabajo, yo os voy a proporcionar un empleo fijo y bien pagado.

— ¡Nosotras no queremos su empleo, queremos volver a la universidad, y a nuestras casas!
Contestó Ana, un poco enfurecida.

— ¡Bueno basta ya de caprichos! Me estoy cansando. Vosotras vais a pagar por vuestros chicos, Carlos y Rafael, esos dos estúpidos malnacidos.
¡Se la dan de listos, pero se van a arrepentir!
Las chicas temblorosas ya no sabían que pensar ni que decir, estaban atrapadas, entre las manos de " *Elías Nájera*", sin saber ni tan siquiera para qué las quería, aunque ambas imaginaban lo que él, sin ninguna duda, esperaba de ellas.

— ¡Bueno os voy a explicar lo que tengo pensado para vosotras!
De momento vais a vivir aquí, no exactamente en este piso, un poco más abajo.
"Lorena" se encargará de vosotras, y os enseñará el oficio, os aconsejo que sigáis sus instrucciones a la

letra, porque de no ser así, tendré que adoptar firmes sanciones disciplinarias.

— ¿Pero de qué clase de trabajo está hablando? Interrumpió Isabel.

— ¡Tendréis que estar a mi disposición permanentemente, así como a la de mis clientes! Pero con mucho cuidado, son personas muy importantes, y no quisiera ningún desacierto ni inconveniencia o atonía. No voy a tolerar desobediencia alguna, ni alteración de mis decisiones o de las de *"Lorena"*. Las consecuencias para vosotras serian inmediatas y terminantemente irrefutables.

Las dos estaban atónicas, no podía ser realidad, no les estaba pasando eso, seguro que iban a despertarse.

"Elías" presionó el botón de su interfono, y cinco segundos después *"Lorena"* apareció.

Era una cuarentona alta y rubia con estilo y buen ver. Trabajaba desde hace muchos años con *" Nájera"*, siempre a su servicio para lo que necesitara.

Disponía de un precioso apartamento privado, justo al lado del piso de su jefe.

Porque " *Elías Nájera*", aparte del negocio de coches lujosos para ricos clientes, casi todos localizados del otro lado del estrecho, también poseía varios locales nocturnos selectos en el centro de Madrid, y algunos más en las carreteras a las salidas de la capital, de pésima categoría.

"Lorena" era la que se encargaba de preparar y comprobar el justo cumplimiento de las tareas de las chicas que trabajaban en sus locales.

Era muy exigente, sobretodo con las que acompañaban a los clientes que *"Nájera"* recibía en los espléndidos apartamentos donde se hospedaban cuando venían a Madrid.

Y tenía la intención de reservarles las dos jóvenes y guapas muchachas, Isabel y Ana.

16

"Alicante"

En Alicante, los padres de Isabel y Ana habían denunciado la desaparición de sus hijas.
Y el inspector Navarro, padre de Isabel, trasmitió inmediatamente la orden de búsqueda. Al principio, todos se lo tomaron como una nueva estupidez como la de los chicos, pero para el inspector, no cuadraba, estaba seguro de que algo grave había ocurrido.
Todos los medios serían informados para resolver con rapidez el caso. Navarro quiso llevar las investigaciones, pero sus superiores lo impidieron al

ser el padre de una de las desaparecidas. No obstante, un impresionante y completo derroche de medios iba a ser iniciado.

Toda la ciudad fue rastreada por las fuerzas de seguridad, y las diferentes salidas filtradas por la Guardia Civil al igual que los aeropuertos y el puerto.

Pero pasaron dos días sin el menor resultado, tampoco se había recibido ninguna petición por parte de los secuestradores.

Los investigadores no sabían por donde empezar, ninguna señal telefónica o movimiento bancario podían ayudarles a iniciar una pista. Era como si se las hubiese tragado la tierra. Carlos y Rafael fueron convocados a comisaría para ser interrogados, pero nada nuevo aportarían sus declaraciones.

Ellos también estaban ansiosos por lo que ocurría, pero intuían que todo esto fuese una venganza de *"Nájera"*, por la burla que le habían causado al fugarse.

El único problema era que no podían decir nada sin revelar sus delictivas actuaciones y sus mentiras.

Estaban atrapados, y denunciarse les causaría una terrible condena por sus hechos.

Ya no podían tampoco pedir auxilio a *"Atwan"* o *"Julián"* porque se habían retirado definitivamente de la banda de malhechores.

Sabían perfectamente que, si sus chicas habían desaparecido, ellos tenían la culpa, y que *"Nájera"* sin la menor duda, estaba detrás de todo lo que ocurría.

Como podrían ayudar a Isabel y Ana, no se les ocurría nada, y además la policía vigilaba cualquier hecho sospechoso.

Por otra parte, *"Atwan"* también estaba perjudicado porque toda esta actividad entorpecía e impedía sus negocios de tráfico de hachís.

Y sabía que la actuación de *"Nájera"* tenía que ver con la fuga de los dos chavales.

Debía poner punto final cuanto antes a este torrente de actividad policiaca, de no conseguirlo su transgresora actividad se acabaría, porque la mercancía sería importada por otra parte, y su negocio se iría a pique.

Por lo tanto *"Atwan"* indicó a *"Julián"* de ponerse de nuevo en contacto con Carlos y Rafael, aunque ya no formaban parte de su plantilla, para que colaboraran con ellos para terminar con esta nefasta agitación.

Juntos podrían localizar las chicas, y todos saldrían ganando. Los dos amigos, primeramente, sorprendidos por la sugerencia de sus antiguos jefes, accedieron a cooperar. Lo primero, era encontrar y liberar las chicas, y *"Atwan"* les iba a proporcionar los medios de los que carecían.

Era lo único que les interesaba, y lo dejaron bien claro.

17

"Torrevieja"

En su piso de Torrevieja, *"Atwan"* iba a reunir a su teniente *"Julián"* y los dos amigos Carlos y Rafael, también estaría *"Emilio"* el contacto de *"Fuenlabrada"*. Les iba a explicar que debían absolutamente colaborar, aunque solo fuera por un tiempo, si querían volver a ver a Isabel y Ana en vida. Todo apuntaba a que ambas estaban entre las manos de *"Nájera"*, por lo tanto, ellos podrían ayudarle a localizar el sitio donde estuvieron presos.
Sabían que era en *"Móstoles"*, una ciudad del sur de Madrid. Pero como localizar el local donde guardaba los lujosos coches robados.

Intuían que, si encontraban el lugar donde ellos fueron retenidos, con toda seguridad las chicas también estarían allí, porque aquel sótano estaba preparado, para ocultar y mantener presas personas, era como una verdadera prisión.
"Atwan" les iba a indicar el procedimiento.

— ¡Mirad! Mañana Carlos y Rafael vais a marchar a Móstoles con *"Emilio"*, que es el que mejor conoce el lugar. Vais a rastrear todas las zonas industriales y polígonos o lugares de almacenes de la ciudad y de las cercanías. Puede que os acordéis de alguna calle o de algo en particular. ¡Si dais con el sitio, ya veremos la manera de actuar!
¿Está claro?

— ¡Sí señor, mañana de buena hora salimos los tres en coche!

— ¡Perfecto! Bueno para más seguridad, *"Julián"* tú también los acompañarás, nunca se sabe.

— ¡Claro! ¡Las cosas podrían ponerse feas y una persona más no sobraría, los acompaño también!

— ¡Está bien! ¿Emilio y Julián, podéis venir un momento?
Los dos acompañaron a *"Atwan"* hasta una oficina.

— ¡Mirad! A mí las chicas y estos dos gilipollas me la traen floja así que no me importan nada lo que les pueda pasar. ¡Entendéis! Podrían incluso denunciarnos así que lo único que quiero es recuperar el contenido de las maletas. ¡El resto, vosotros mismos!

Por la mañana, los cuatro, emprendieron el viaje hacia *"Móstoles",* donde llegaron sobre medio día, después de comer empezaron a rastrear las zonas industriales de la ciudad a bordo de su *"BMW Serie 5".*
A *"Emilio"* le pareció demasiado vistoso aquel coche, que debía pasar varias veces por cada una de las calles, la mayoría de ellas repletas de obreros que cargaban y descargaban mercancía de los numerosos camiones.
Propuso de marchar hasta su local de *"Fuenlabrada"* para canjearlo por un furgón, que pasaría más desapercibido en aquellos lugares.
Así lo hicieron, y efectivamente nadie se preocupaba del furgón de *"Emilio"* que, al contrario del coche, era más discreto e igual a tantos otros que recorrían esas zonas.
La tarde pasó, sin dar con la mínima pista.
Carlos y Rafael permanecían ansiosos, e impacientes. Les preocupaba la desgracia de las chicas, porque sabían por el triste estrago en el que estaban pasando. Iban a regresar a Fuenlabrada para pasar la noche, cuando Rafael, sobresaltó.

— ¡Para *"Emilio"*! Creo que he visto alguien que me suena! ¿Mira ese tío Carlos, no te parece que era uno de los que nos traían los bocatas?

— ¡Sí, creo que tienes razón! ¡Miremos donde va!
El individuo subió calle arriba, y llamó a una puerta de almacén.
Al instante desapareció al interior del local.

— ¡Joded, tíos, creo que los hemos localizado!

Contestó Carlos excitado.

— Bueno, pues vamos a llamar a *"Atwan"* a ver que decide.

Añadió *"Emilio"*.

— Mientras tanto, vamos a vigilar discretamente este sitio, tenemos que estar seguros.

La respuesta de *"Atwan"* no tardó en llegar.

— Tenéis que raptar a uno de sus hombres, y llevarlo a Fuenlabrada, tiene que largar todo, y para eso tenéis luz verde.

¡Si necesitáis refuerzo dímelo!

— No se preocupe señor *"Atwan"*, nos apañamos *"Julián"* y yo.

Marcharon a dormir al local de Fuenlabrada y al día siguiente siguieron su discreta vigilancia.

Llegada la noche, vieron al mismo hombre salir del local y emprender la calle cuesta abajo.

El furgón estaba ya preparado al final de la vía, y al pasar al lado, salieron *"Emilio"* y *"Julián"* y lo forzaron a montar.

Sorprendido el individuo, no opuso resistencia, lo sujetaron y lo amordazaron con cinta aislante, y *"Emilio"* arrancó y se dirigió a Fuenlabrada.

Carlos y Rafael, que habían permanecido dentro del furgón, sin intervenir, no sabían cómo reaccionar.

El vehículo penetró en el local que regentaba *"Emilio"* e inmediatamente el tipo, fue llevado a un sótano y encerrado.

"Emilio" se lo comunicó al instante a *"Atwan"*.

— ¡Buen trabajo chicos, ya sabéis lo que tenéis que hacer!

— ¡Sí, no se preocupe, nos encargamos!

Contestó *"Emilio"*.

Eran las once de la noche, cuando los cuatro bajaron a la celda.

El tipo estaba sentado con las manos y los pies sujetos por la cinta al igual que su boca.

Emilio y Julián lo pusieron en pie, y le quitaron el aislante que le amordazaba.

— ¡Bueno tío, es hora de ponerse a hablar!

Dijo Emilio agarrándole fuertemente por la solapa.

— ¿Hablar de qué?

Contestó tembloroso el individuo.

— Mira, no tenemos todo el tiempo, contesta a estas Preguntas. ¡Ya!

— ¿Cómo te llamas? ¿Para quién trabajas?

Después de un momento de vacilación, se puso a replicar.

— Me llamo *"Chema"* y trabajo en un almacén de coches.

— ¿Eso ya lo sabemos, te he preguntado para quién?

— No lo sé, el encargado se llama *"Pertinov"*.

— Sí, exacto, ese cabrón de *"barbudo"* que dirige el local.

Contestaron los chavales.

— Te acuerdas de estos dos. ¿No?

"Chema" los miro fijamente, y replicó tímidamente.

— ¡Sí, claro! Pero yo jamás los maltraté, ni cosa

parecida, soy solo un mandado.

— Eso no nos importa ahora.

¿Tenéis a dos chicas alicantinas en vuestro sótano, ¿verdad?

Acusó *"Emilio"*, pero no obtuvo ninguna respuesta del tal *"Chema"*.

Carlos enfurecido, no pudo más, se lanzó sobre él, y lo zarandeó gritándole.

— ¡Contesta cabrón! Sabemos que las tenéis secuestradas, como a nosotros. ¡Así que habla ya!

— Tranquilo Carlos, este va a cantar como que me llamo *"Emilio"*.

¡Mira, te lo voy a preguntar otra vez! ¡Quiero una respuesta clara!

— ¿Tenéis a las dos chicas?

Gritó *"Emilio"*, llevándole fuertemente su mano al cuello.

— ¡Sí! Pero no se encuentran aquí, el jefe las tiene en uno de sus apartamentos de Madrid, por el Metro *"Retiro"* en el barrio Salamanca

— ¿Y las dos maletas de hachís dónde están?

— ¡No lo sé!

— ¿No lo sabes o no lo quieres decir?

— ¡No puedo decir nada, *"Pertinov"* me mataría!

— ¡Mira, si no lo hace él lo haré yo!

"Emilio", furioso, sacó su pistola *"P38"* que llevaba siempre a la espalda sujeta con su cintura, y se la puso en la frente.

— ¡Te doy diez segundos para contestar!

— ¡No, por favor! La droga la tiene *"Pertinov"* guardada en una sala del local, pero esta cerrado con llave, y solo el, la lleva.

— ¿Sí, pero las chicas Isabel y Ana, dónde están? ¡Es lo único que nos importa!

Saltó Carlos seriamente alterado y enfurecido.

— ¡Tranquilo chaval! ¡No te alteres! ¡Cada cosa en su tiempo!

Contestó *"Emilio"* con cierto desagrado.

Esa respuesta de *"Emilio"* molestó seriamente a los dos chavales. Se estaban dando cuenta, que lo único que les importaba era recuperar su maldita mercancía. Eran casi las tres de la madrugada cuando *"Emilio "* decidió volver con *"Chema"* a *"Móstoles"* cerca del local.

— ¡Mira tú, *"Chema"*! Mañana por la noche, vamos a entrar allí, y salir con la puta droga, así que tienes todo el día para hacerte col las llaves.

Te esperaremos aquí, a la una de la mañana, pero te aconsejo que, si intentas jugárnosla, no volverás a ver a tu familia viva, y tú, iras detrás. Te sugiero que no juegues al héroe, porque perderías todo.

Sabes muy bien lo que te arriesgas. Reflexiona muy bien porque luego será demasiado tarde.

¿Lo tienes bien claro, o tengo que repetirlo?

¡No, no! Os lo suplico no hagáis ningún daño a los míos, haré lo que vosotros queráis.

¡Podéis contar conmigo, os lo prometo!

— ¡Más te vale! ¡Venga ahora al curro, fuera de aquí!

— ¿Pero por qué no le habéis preguntado la dirección de su jefe, podríamos intentar salvar a las chicas?

Preguntó Carlos exaltado y fuera de sí.

— ¡Joded, con el puto muchachito! ¿Otra vez? Pero no te he dicho ya que cada cosa a su tiempo.

Tienes cojones, mira me estas cansando ya, anda cállate o te vas a llevar un par de ostias, ¡hoy no estoy yo para cambiar pañales a los mocosos como tú!

Esto ya empezaba a apestar, Carlos y Rafa, ya no sabían qué hacer, seguro que los iban a dejar tirados, o aún peor, porque estaba claro, lo único que les importaba era la droga.

Se habían servido de ellos para localizar el lugar, y lo de las chicas les importaba un rábano.

Estaban seguros de que nada más hacerse con su mercancía, no moverían un dedo para salvar a Isabel y Ana.

Porque desde el principio todo estaba pactado con *"Atwan"* que los había engañado descaradamente.

18

"Cibeles"

Carlos y Rafa no esperarían más, sabían ahora que deberían solucionar sus problemas solos. Ya no podían contar con nadie. Incluso era arriesgado e inseguro para ellos permanecer al lado de los dos mafiosos. Ya percibían sus intenciones, no solamente no harían nada para socorrer a las chicas, pero incluso sus propias vidas corrían peligro. Carlos lo comentó discretamente con Rafael, y los dos temían lo mismo, así que decidieron largarse del furgón cuanto antes.

— Rafa, cuando yo te diga, abro la puerta lateral y

salimos corriendo.

De todos modos, ellos no se moverán por miedo a ser descubiertos, pero tendremos que buscar una manera de poder alejarnos rápidamente de este lugar, y se me ocurre el metro, que además nos llevará a Madrid. ¿Qué te parece?

— ¡Perfecto Carlos!

Unos minutos más tarde Carlos abrió la puerta lateral del vehículo, y los dos salieron corriendo, desapareciendo rápidamente de la vista de *"Emilio"* y *"Julián"* que se quedaron sorprendidos, cautivos y con la boca abierta.

No pararon de correr hasta que no vieron un indicador de la estación central del metro, pero se encontraba a más de dos kilómetros.

Ahora más tranquilos, pararon un taxi que los llevó al metro central *"Paseo de la estación"*.

Allí cogieron dos billetes para Madrid.

Por fin estaban fuera de alcance de los dos peligrosos traficantes. Llegaron al metro *"Retiro"* del barrio Salamanca, donde *"Chema"* había indicado que se encontraba el piso del jefe, y las chicas, pero sin más señas. No sabiendo donde ir, empezaron buscándose una pensión, sabiendo que les llevaría tiempo dar con la dirección exacta. Ahora sabían que se encontraban más cerca de sus queridas que nunca, aunque temían por lo que les pudiera pasar.

Tenían que averiguar cuanto antes su paradero, y luego conseguir liberarlas.

19

En su piso del barrio Salamanca, «*Elías Nájera*" ya había entregado las dos chicas a su ayudante "*Lorena*", para que amaestrara convenientemente a Isabel y Ana. Las había ubicado en un apartamento de su mismo edificio, situado en la tercera planta.
Era un lugar especial, lo había preparado cuidadosamente para sus negocios. Estaba totalmente insonorizado, y se podían contemplar las ventanas abiertas, con sus cortinas, que reflejaban una luz por la noche. Estas eran sumamente falsas, por el interior, estaban tabicadas de tal manera que no se podía ni apreciar su existencia.
Tenía toda la tercera planta con cuatro apartamentos al igual en su edificio que le pertenecía en totalidad.
"*Lorena*" ya había logrado doblegar y amansar a las chicas con sus persuasivos métodos de total control.
De hecho, " *Nájera*" ya había podido apreciar en persona la total sumisión y dedicación de Isabel y Ana, que se habían entregado a él, sin la menor resistencia.

La fragante *"Lorena"* había, como siempre, conseguido romper la más mínima resistencia de sus presas, ella tenía una manera muy persuasiva. Estaba muy orgullosa, y para *"Elías Nájera"* valía un tesoro, conseguir doblegar a cualquier persona sin tener que utilizar brutalidad alguna, por lo menos física.

Ya estaban listas para todo lo que les mandaran, y *"Nájera"* se sentía orgulloso de disponer de esa forma y atraer y recompensar a sus mejores clientes.

Era, sin lugar a duda, un plus para sus sucios negocios, que llevaba a cabo con cierta virtualidad.

Isabel y Ana, no eran las únicas en habitar aquellos singulares apartamentos, tenía dos chavalas más, una por cada uno de ellos.

Las cuatro cumplían el mismo abusivo y perverso trabajo, sin parpadear.

No pasaron ni siquiera dos días, cuando Isabel iba a ser solicitada para acompañar un riquísimo cliente del *"Golfo Pérsico"*.

"Lorena", como siempre la daría los últimos consejos y peticiones del poderoso y rico sujeto, que debería seguir al pie de la letra.

Aunque con desagrado y repulsión, Isabel accedió a todos sus caprichos e innombrables antojos durante la noche que pasaron juntos.

Luego por la mañana recibiría un consecuente regalo de su culpable trasgresor.

Pero Isabel, aunque tenía la obligación de poner siempre buena cara, no quería recibir nada de su criminal abusador, por lo tanto, haría facha de aceptar la valiosa pulsera de oro con una magnífica sonrisa.

Al día siguiente, Ana tuvo que experimentar su infame trabajo con un poderoso banquero catalán, obeso y exigente que llenó de repulsión por dentro a Ana, aunque tuvo que poner buena cara y acceder a todos sus caprichos.

El, cómo muchos de los bien conocidos sujetos de esas tierras, no iba a dejarle ningún presente ni dinero.

"Una pela es una pela".

Así iban trascurriendo los días, porque, aunque esas cuatro selectas chicas eran ante todo ofrecidas para los *mejores* clientes, también las reservaba a hombres de pago de la alta sociedad que podían ofrecerse con la total discreción, una chica de lujo.

Por su parte Carlos y Rafa, se habían hospedado en un hostal barato de los pocos que había en aquella zona de Madrid. Desde aquel lugar, cada día recorrían todas las calles del amplio barrio, fijándose en los nombres de los buzones y portales por si daban con " *Elías Nájera*", o bien si cruzaban por casualidad al barbudo *"Pertinov"* que era el único que visitaba al jefe y que sabía perfectamente donde vivía.

Sin duda alguna, era como encontrar una aguja en un pajar, pero lo hacían con empeño y total voluntad, porque era la única manera que les quedaba.

El único dato que tenían era su nombre y apellido, pero no poseían ninguna foto que les hubiera ayudado a localizarlo.

De todos modos, con su apariencia de chicos de barrio, no tenían acceso a los locales selectos donde hubiesen podido preguntar por él, a algún camarero o personal de los dichos locales.

Entonces se les ocurrió, que con el poco dinero que les quedaba, comprarse una vestimenta adecuada.

Un traje barato pero vistoso, unos zapatos al igual, completados con una camisa blanca y una corbata.

La verdad, parecían otros.

La cazadora y los vaqueros los reservarían para los numerosos paseos durante el día.

Una noche accedieron sin ninguna dificultad, a un club selecto de las inmediaciones, haciéndose pasar por dos empleados de la embajada francesa.

Carlos y Rafael iban a intentar imitar el acento francés para darle credibilidad cuando tenían que comunicarse con alguien y en particular, las chicas y los camareros.

— *"Olà vuenás noshés! Nós poné dos Jintonis, por favór"!*

— ¡Si claro ahora mismo!

El camarero, se ejecutó de inmediato.

— ¿Son franceses verdad?

— *"Si, somós de la envagadá fransesá" vuscamós algún lougar de chicás celectás pego mui disgrétó". Conosé algunó?*

— ¡Esperen un momento, voy a hablar con mi jefe, ¡Él está más al tanto de eso!

— *"Sí, clagó, dé aguerdó"*

Unos minutos después, volvió el camarero, con su responsable.

— ¡Buenas noches señores!

— *"Vuenás noshés"!*

— Miren voy a hablar con el dueño del lugar y les diré sí le queda algún apartamento libre.

Descolgó el teléfono y llamó a *"Lorena"*.

— ¡Hola guapa! Soy *"Clemente"*, ¿Cómo estás?

— ¡Hola Clemente! ¿Yo, bien y tú? Últimamente no se te ve el pelo. ¿Dónde andas?

— ¡El curro, maja, el curro! Que no te deja vivir.

— ¡Anda, no te quejes! ¿Qué deseabas?

— Mira, tengo aquí dos franceses de la embajada, que buscan dos chicas en apartamento. ¿Tenéis alguno libre?

— ¡Sí, hoy tenemos solo uno ocupado, así que vengan cuando quieran!

— Vale guapa, te los mando con un muchacho. ¡Gracias y cuídate!

— ¡No *"Clemente"*, gracias a ti!

Colgó y se dirigió a los dos clientes, ostentando una ingente sonrisa.

— Ya tienen lo que buscan, los señores. ¡Un sitio selecto y discreto, se lo garantizo Está a un paso, uno de mis empleados los llevará.

Carlos sacó la cartera para pagar las copas.

— ¡No por favor, las consumiciones son por la casa!

— *"Mushás grasiás, mui amablé"*.

— ¡De nada, adiós! Que pasen una buena velada.

Un camarero los acompañó en coche, hasta el piso de *"Lorena"*. Situado justo al lado del de *"Elías Nájera"* en la misma cuarta planta del edificio.
Carlos y Rafael no se lo creían, por fin habían encontrado el lugar donde permanecían sus chicas.
Una única cosa les preocupaba.

— ¿Escuchaste la chica del teléfono? ¡Tenía cuatro apartamentos, pero uno estaba ocupado, espero que no le haya tocado a Ana o Isabel!
Dijo Carlos discretamente al oído de Rafa.

— ¡También sería mala suerte!
Contestó rabioso Rafael.
Después de llamar al videófono, penetraron en el lujoso portal, y se dirigieron al ascensor.

— ¡Pasen señores! Les invitó el camarero.
A pena dos minutos más tarde el ascensor se detuvo en la cuarta planta.

— ¡Por favor, síganme!
El empleado accionó el timbre, y *"Lorena"* apareció.
Magníficamente vestida y mostrando una bellísima sonrisa les invitó a entrar.
El camarero se despidió y regresó a su trabajo.

— Buenas noches, señores, me han dicho que son de la embajada francesa, suelen venir algunos de vez en cuando a visitarnos.
¡Ustedes por lo que veo es la primera vez!

— *"Si los companiégós nós an dishó que mégesiá la péná"*!

— ¡Los señores pueden estar seguros!

¡Un instante si me permiten!
"Lorena" volvió con dos copas de champagne, y unas fotos de las cuatro chicas.

— ¡Miren! Aquí tenemos nuestras damas que trabajan en el tercer piso, pero esta no puede ser hoy porque está ocupada ya.
Así que pueden elegir entre las otras tres.
A Carlos y Rafa se les quito los ansiosos nervios que llevaban al ver que sus dos chicas estaban libres.

— *"Pérfectó, gustó lo qué keriamós"*
Añadió Carlos.

— *"I tú cuál té gustà"*!

— *"Créó que está"*
Contestó Rafael indicando Ana.

— ¡Muy bien de acuerdo, los señores pueden bajar cuando quieran!

— *"Una préguntà, puedé cer todós guntos en le mismó apartamantó"*.

— Ah, ya veo, no se preocupen, los apartamentos se comunican por una puerta interior. ¡Si lo desean claro! Ah otra cosa que se me olvidaba, todas las bebidas del minibar están incluidas, y también todo lo necesario para la intimidad. Como supongo que ya sabrán, los precios son de quinientos euros por cada chica.

— *"Si si ya ló savémós"*!

— ¡Joded, tío, quinientos pavos por follar con mi novia, que pasada! Susurró Rafael al oído de Carlos.

— ¡No seas gilipollas Rafa, no hemos venido a eso!

20

"Plaza de España"

En Fuenlabrada, *"Emilio"* y *"Julián"* que habían renunciado a buscar a los chicos, iban a seguir con su plan. Sobre la una de la madrugada, se presentaron en Móstoles como previsto a esperar la llegada de *"Chema"* con las llaves. Unos minutos más tarde,-se presentó como previsto con un manojo de llaves.

— Bueno, aquí tenéis lo que buscabais, están todas las llaves, las de la nave, y también las del local donde guardan la droga.

Allí no queda nadie, porque esta noche me tocaba a mí la guardia, así que podemos ir tranquilamente.

"Emilio" y *"Julián"* apenas se lo creían, habían conseguido el acceso libre a la nave con tan solo asustar a *"Chema"*. Ahora iban a recuperar su mercancía, sin ningún impedimento, y largarse para Alicante. Acercaron el furgón de la puerta de la nave, y los tres bajaron.

— Venga *"Chema"*, toma tú las llaves y abre la puñetera puerta.

Inmediatamente, los tres entraron, aquello estaba repleto de lujosos coches extranjeros. Se dirigieron hasta el local donde guardaban la droga, y *"Chema"* abrió la puerta. Los dos hombres de *"Atwan"* penetraron en el reducto, pero *"Chema"* se quedó fuera esperándoles. En ese momento un diluvio de disparos se abatió sobre los dos hombres, que acribillados, cayeron muertos al instante. *"Chema"* que había contado todo a *"Pertinov"*, los dos habían caído en una trampa mortal. Al instante, los hombres de *"Pertinov"* metieron a los dos cadáveres en su furgón y los llevaron a un escampado y le prendieron fuego con ellos dentro.

— Bueno a ver si de una puta vez entienden quién manda. Dijo *"Pertinov"*.

A la mañana siguiente, la noticia saltaría a todas las pantallas y los periódicos del país,

En Torrevieja *"Atwan"* estaba furioso, había perdido todo, la droga y sus dos responsables del tráfico.

21

"Retiro"

Durante esa noche, Carlos y Rafael con sus chicas, se habían reunido los cuatro en una habitación, para tomar una decisión. De todas formas, ellos no podían salir de allí, porque no tenían dinero, y además jamás partirían sin las chicas. Pensaron denunciarse, aunque tuvieran que pagar por sus delitos, era la única forma de escapar de aquel lugar, y de librarse de los dos traficantes El Alicantino *"Atwan"* y el madrileño *"Nájera"*. Y aunque ellas no querían que se culparan, estaban dispuestos para lo que fuese, porque tenían que terminar de una vez con su penoso pasado.

Querían ante todo ser dignos de sus muchachas, de sus familias y de la sociedad. Y para eso estaban dispuestos a pagar el precio que fuera, con tal de quedar en paz con el pueblo y las autoridades.

Desde el teléfono del apartamento, Carlos iba a llamar al padre de Isabel, el Inspector de policía, Felipe Navarro para contarle todo.

Y así lo hizo.

A partir de ahí todo iba a desarrollarse rápidamente.

El inspector Navarro, informaría a la policía madrileña, para que sacaran a los cuatro jóvenes y detuvieran a *"Elías Nájera"*.

Pero también para que rastrearan los almacenes de Móstoles y Fuenlabrada deteniendo todos sus hombres. La misma cosa se desarrollaría en la Costa Blanca. La policía Alicantina iba a detener *"Pérez Atwan"* en su piso de Torrevieja y allanar los almacenes de "Atwan" y "Nájera" en Alicante.

Era el mayor hallazgo para la policía desde hace años, y todo fue posible por la valiente decisión de los dos chavales, que, aunque habían cometido delitos repensibles, tuvieron también la valentía de rectificar a tiempo, denunciando los perversos tráficos y sus autores con sus numerosas pertenencias.

Carlos y Rafael, aunque con cargos, fueron los únicos que quedaron libres.

Unos años después, el colosal juicio tuvo lugar en Madrid, condenando fuertemente a los dos traficantes *"Atwan"* y *"Nájera"*.

Los hombres de ambos serían condenados también a varios años de cárcel.

Pero para Carlos y Rafael que comparecían libres, el juez fue más que generoso, dejándoles libres de toda implicación. Felicitándoles incluso por su valiente ayuda.

22

Epílogo

Varios meses después del juicio, Carlos y Rafael, que esta vez si que trabajaban en *"Mercalicante",* fueron abordados por un hombre cuando paseaban por una calle de la ciudad.

— ¡Chavales! ¡Tengo un trabajo para vosotros, es muy sencillo y os vais a forrar!

¿Fin, o tal vez no?

Del mismo autor

(Publicaciones en Castellano)

— **Perdido**
  (Novela)
— **Tierra sin Vino**
  (Novela)
— **El tesoro caído del Cielo**
  (Novela)
— **Secuestro en Salamanca**
  (Novela)
— **Mercado negro en la costa blanca**
  (Novela)
—**Naturaleza**
  (Relato)

Biografía

Jose Miguel Rodriguez Calvo
Natural de "San Pedro de Rozados"
(Salamanca) España
Doble nacionalidad hispanofrancesa
Residencia: (Francia)

Du même auteur
en Français

- **Notre petite Maison dans la Prairie**
  (Récit autobiographique)
- **Les dessous de Tchernobyl**
  (Roman)
- **Le Piège**
  (Roman)
- **Amitiés singulières**
  (Amitiés Amour et Conséquences)
  (Roman)
- **Nature**
  (Récit)
- **La loi du talion**
  (Roman)
- **Le trésor tombé du ciel**
  (Román)
- **Prisonnier de mon livre**
  (Récit)
- **Sombres soupçons**
  (Roman)
- **Strasbourg Banque & Co**
  (Roman)
- **Mes amis de la Lune**
  (Hchronie)

Biographie

Jose Miguel Rodriguez Calvo
Né à Salamanca « Castille » (Espagne)
De double nationalité franco-espagnole
Résidence: (France

Jose miguel rodriguez calvo